Un soul

de ta première

année.

Bonnes vacances!

de Martine xx

juin 2000

Gabrielle

Ce livre
appartient à:

. . . . . . . . . . . . . . . . . . . . . .

offert par:

. . . . . . . . . . . . . . . . . . . . . .

# MA PREMIÈRE BIBLIOTHÈQUE ROSE

# Enid Blyton

# Oui-Oui
# voit du pays

Illustrations de Jeanne Bazin

HACHETTE

Hachette Livre, 43, quai de Grenelle, 75015 Paris.

# 1

# Les deux oursons de Nounoursville

Grâce au taxi que conduit Oui-Oui, le petit pantin de bois du Pays des Jouets, ses amis Potiron et M. Noé arrivent en un clin d'œil devant la boutique du marchand de glaces.

Comme elle se trouve au sommet d'une colline, Oui-Oui prend bien soin de serrer son frein à main. Puis les trois amis entrent gaiement dans le magasin. M. Noé offre à Oui-Oui une énorme glace multicolore : à la vanille, à la fraise, au chocolat, à la pistache et au caramel, le tout coiffé de crème chantilly. Mmm ! Quel délice !

Pendant ce temps, voilà que deux oursons en peluche passent par là. Ils viennent de Nounoursville. Leur maman est en train de faire des courses à Miniville et, comme ils s'ennuient, ils cherchent à quelle bêtise ils pourraient bien s'occuper. Car ce sont de très, très vilains oursons...

Soudain, ils remarquent la jolie

voiture jaune de Oui-Oui garée le long du trottoir.

« C'est le taxi de Oui-Oui ! s'écrie Teddi, l'un des oursons. Tu sais, celui qui roule si vite dans les rues de Miniville !

— Si nous l'essayions ? chuchote son frère Tobi. J'aperçois Oui-Oui chez le marchand de glaces. Il mange une glace énorme ; il en a pour un moment ! Vite, montons ! »

Et voilà les deux oursons installés au volant du petit taxi. Ils font seulement semblant de le conduire, bien sûr ; ils tournent le volant dans tous les sens, allument les phares. Ils évitent soigneusement le klaxon, pour ne pas alerter Oui-Oui. Quelle joie ! Mais, soudain,

catastrophe… Teddi vient de des-
serrer le frein ! La petite voiture
commence à descendre la pente.
Elle roule vite, vite, plus vite, de
plus en plus vite… Les deux oursons
sont affolés.

« Sautons ! crie Tobi. Vite, là,
dans l'herbe ! »

Les deux galopins passent par-dessus bord et rebondissent sur le gazon. Mais que va devenir la petite voiture, toute seule ? Elle continue à dévaler la colline à fond de train... Attention, monsieur le gendarme !

Aïe, aïe, aïe... Trop tard ! Le taxi jaune vient de renverser le gendarme. Son bicorne voltige dans le caniveau. Quelle histoire !

Rien ne peut arrêter la voiture folle. Attention ! Voilà le marchand des quatre saisons qui traverse la rue en poussant sa charrette pleine d'oranges ! La voiture fonce droit devant elle. Et boum ! Les oranges se répandent dans la rue, rebondissant sur les pavés.

Alertés par les cris du marchand

de fruits, qui est furieux, les jouets se retournent. Ahuris, ils regardent les oranges qui dévalent la colline. Quelle drôle d'avalanche !

Et la voiture poursuit son chemin. Calamité ! Un nouveau désastre en perspective : un camion de bois traverse la rue à quelques mètres devant elle, transportant un jeu de construction. Brroum ! Le taxi heurte le camion de plein fouet. Patatras ! Les bouts de bois dégringolent et se mettent à rouler dans la rue comme les oranges. Quel spectacle !

« Arrêtez cette voiture ! Arrêtez-la ! s'égosillent les jouets.

— Hé, les quilles, attention ! Elle va vous renverser ! »

En effet, Léonie Laquille et ses

petits quillons font la farandole et tiennent toute la largeur de la rue. Il arrive ce qui devait arriver... Badaboum! Le taxi les renverse. Au début, les quilles rient aux éclats, car elles adorent être renversées. Mais voilà qu'elles prennent elles aussi la descente, au milieu des oranges et des bois de construction...

Là, ce n'est plus tout à fait de leur goût et elles poussent des cris de terreur. Ça va vraiment trop vite!

À Miniville, c'est la révolution.

« Comment voulez-vous marcher, au milieu de ce bazar? » s'écrie M. Jumbo furieux.

L'éléphant a raison. Il n'est pas facile de grimper la colline, avec ces oranges, ces bouts de bois et ces quilles qui arrivent dans l'autre sens !

Mais que devient donc Oui-Oui, pendant ce temps ? Eh bien, le pantin de bois ne se doute pas le moins du monde des catastrophes qu'est en train de déchaîner son

taxi. Il vient de finir sa glace et s'apprête à reconduire chez eux Potiron et M. Noé.

Il sort sur le trottoir, ravi du bon moment qu'il vient de passer. Soudain il s'arrête, figé de stupeur. Il tourne la tête d'un côté, de l'autre, écarquille les yeux… et parvient enfin à articuler :

« Ma voiture ! Où est donc passée ma voiture ? »

À leur tour, Potiron et M. Noé regardent de tous côtés. Aucune trace du petit taxi.

« Elle a dévalé la colline, crie M. Polichinelle, le garagiste, qui arrive hors d'haleine. Je parie que tu avais oublié de serrer le frein, Oui-Oui !

— Pas du tout ! riposte Oui-Oui

vexé. J'y avais justement fait très attention.

— Moi, je sais ce qui s'est passé, déclare Mlle Chatounette. Deux vilains petits oursons de Nounours-ville sont montés dans ta voiture et l'ont mise en marche. Ensuite ils ont eu peur et ont sauté en route.

Ta voiture a continué seule…

— Quelle horreur! s'écrie Oui-Oui épouvanté. Dans quel état vais-je retrouver ma chère petite voiture? »

Le pantin de bois descend à son tour la colline de toute la vitesse de ses jambes. Le long de son che-

min, quel désastre ! Des oranges écrasées, un camion renversé, des quilles en train de rouler… Oui-Oui n'en croit pas ses yeux. Il ne cesse de se lamenter :

« Quel malheur ! Quel malheur ! Dans quel état doit être mon pauvre petit taxi ! »

Et il court de plus belle, le cœur battant.

Pendant ce temps, la voiture jaune, elle, a terminé sa course… dans un étang qui se trouve au bas de la colline. Plouf ! Les canards mécaniques se sont envolés à tire-d'aile, avec des coin-coin furieux.

Et, au bord de l'étang, que de gens en colère ! Le gendarme, le marchand des quatre saisons, le conducteur du camion de bois,

Léonie Laquille et ses petits quillons... Ils crient à tue-tête :

« Mais où est donc Oui-Oui ? Où est donc Oui-Oui ?

— Oui, où est-il, que je l'arrête ? » vocifère le gendarme.

Oui-Oui arrive enfin, à bout de souffle.

« Quelle histoire ! soupire-t-il. Où est ma voiture ? Où est-elle ? Deux vilains oursons me l'ont prise pendant que je mangeais une glace ! » Soudain, un drôle de petit bruit étouffé se fait entendre. « Glou, glou, glou... » C'est le petit taxi, qui essaie en vain de klaxonner sous l'eau !

Oui-Oui n'hésite pas. Il prend son élan et, plouf ! plonge à son tour dans l'étang. Pauvre petit

Oui-Oui : sa voiture est trop lourde, il ne peut la sortir seul. Quelqu'un lui lance une grosse corde.

« Attache cette corde à ta voiture, Oui-Oui, nous allons la tirer tous ensemble. »

Et tout le monde s'y met. Han ! Han ! Ce n'est pas facile. Heureusement, le gros M. Jumbo est là. Il tire de toutes ses forces. Et soudain, hop ! le petit taxi bondit sur la rive, trempé et frissonnant, mais sain et sauf.

« Youpi ! s'écrie Oui-Oui qui se précipite pour l'embrasser. Tu as eu plus de peur que de mal. Allons vite nous sécher à la maison ! »

C'est alors que le gendarme intervient, ses épais sourcils froncés.

« Oui-Oui, dit-il d'un air sévère,

j'ai bien peur que tu ne doives d'abord m'accompagner à la gendarmerie. Ta voiture a causé beaucoup de dégâts.

— Monsieur le gendarme, déclare M. Jumbo de sa grosse voix, ce n'est pas Oui-Oui qu'il faut punir. Ce sont ces vilains oursons que je vois là, à l'angle de la rue !

Vite, que quelqu'un les attrape ! »

Teddi et Tobi, qui passaient le bout du museau à l'angle d'une maison pour voir comment se terminait l'affaire, prennent aussitôt leurs jambes à leur cou. Mais le gendarme a vite fait de les rattraper. Que va dire leur maman, quand elle les retrouvera à la gendarmerie !

Oui-Oui, soulagé, aide le marchand d'oranges à ramasser ses fruits, le conducteur du camion à recharger ses morceaux de bois. Puis il dit au revoir à Potiron et à M. Noé, et invite Léonie Laquille et ses petits quillons à venir boire un bon chocolat chaud pour se remettre de leurs émotions.

« Tou, tou, tou ! klaxonne gaiement la petite voiture. Je suis un peu enrouée, mais je serai bientôt guérie ! »

# 2

# La poche
# trouée

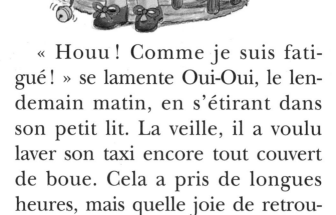

« Houu ! Comme je suis fatigué ! » se lamente Oui-Oui, le lendemain matin, en s'étirant dans
son petit lit. La veille, il a voulu
laver son taxi encore tout couvert
de boue. Cela a pris de longues
heures, mais quelle joie de retrou-

ver sa petite voiture jaune aussi pimpante qu'avant ! Le petit pantin s'habille en bâillant et découvre que l'une de ses poches est percée.

« Flûte ! s'écrie-t-il. Il faudrait que je raccommode ce trou. Mais je suis vraiment trop fatigué, ce matin. Je le ferai ce soir. Après tout, ce n'est qu'un trou minuscule. »

Mais, au cours de la journée, le trou s'agrandit ! Chaque fois que Oui-Oui empoche le prix d'une course, il devient un peu plus grand. Et ce jour-là, justement, le petit chauffeur de taxi a beaucoup de clients. Il en oublie tout à fait sa poche trouée.

Le soir venu, Oui-Oui rentre dans sa petite maison-pour-lui-tout-seul. Il fait un brin de toilette, puis se prépare un énorme goûter. C'est un peu tard, mais il a une faim de loup! Il engloutit en un clin d'œil trois tartines de confiture, une boîte entière de biscuits et la moitié d'un pain d'épice!

« À présent, se dit-il, je vais faire

un peu d'exercice. Je vais aller bêcher mon jardin. Où est donc ma bêche ? »

Un moment plus tard, le bonhomme en bois est dans son potager ; il s'acharne avec tant d'énergie sur sa bêche qu'il ne tarde pas à être en nage. Mme Bouboule, qui le regarde par-dessus sa palissade, rit de tout son cœur :

« Tu es aussi rouge que les pommes de mon pommier, Oui-Oui ! lance-t-elle. Viens donc faire un tour dans mon jardin, tu en cueilleras une et tu me raconteras les dernières nouvelles de Miniville. Cela te reposera un peu. »

Oui-Oui est ravi. Il se rend aussitôt chez Mme Bouboule,

cueille une pomme magnifique et s'installe à côté de l'ourse en peluche.

« J'ai eu une journée épuisante, madame Bouboule ! soupire-t-il en s'asseyant dans l'herbe. Mais j'ai gagné beaucoup d'argent !

— Vraiment ? dit Mme Bouboule en continuant à tricoter. Et que vas-tu faire de ta fortune ?

— La première chose que je ferai demain matin, déclare Oui-Oui, c'est d'aller choisir un livre neuf pour Potiron.

« Il dit qu'il a lu le sien quatre-vingt-deux fois. Il est grand temps de lui en offrir un nouveau, vous ne pensez pas ?

— En effet ! approuve Mme Bouboule.

— Ensuite, continue le pantin, j'irai acheter un pot de miel pour Mirou. Elle adore le miel. Tous les ours l'aiment, d'ailleurs. Vous saviez ça, madame Bouboule ?

— Bien sûr, Oui-Oui ! répond Mme Bouboule avec un grand rire. Je suis moi-même une ourse en peluche depuis assez longtemps, tu sais !

— Que je suis étourdi ! s'écrie Oui-Oui. Je l'avais oublié. Je vous achèterai un cadeau à vous aussi, madame Bouboule, car vous êtes très gentille. Je vais compter mes sous : vous allez voir tout ce que j'ai gagné ! »

Le bonhomme en bois fourre sa main dans sa poche et pousse alors un tel hurlement que Mme

Bouboule en lâche ses aiguilles !

« Mes sous ! Je ne les ai plus ! » crie Oui-Oui.

De grosses larmes coulent sur ses joues de bois.

« Ma... ma poche é... était percée et... et je ne l'ai pas... pas raccommodée ! hoquette le pantin. Mes sous ont dû tomber sans que je m'en aperçoive. Quel malheur! Je ne pourrai plus offrir de cadeau à personne!

— Oui-Oui, gronde Mme Bouboule. Réfléchis donc un peu, avant de te mettre dans un état pareil! Si tes sous étaient tombés de ta poche, tu les aurais entendus, voyons! Ce n'est pas possible autrement!

— Pourtant, réplique Oui-Oui en sanglotant de plus belle, ils ne sont plus dans ma poche et je n'ai rien entendu du tout! Comment cela se peut-il?

— Dans ce cas, déclare Mme Bouboule, c'est qu'ils sont tombés sur quelque chose de mou qui a amorti le bruit : sur un tapis moelleux, par exemple, ou sur de l'herbe,

ou encore... Oooh ! J'ai compris !
Je sais où se trouve ton argent,
Oui-Oui !

— Où ? demande le petit pantin
en s'essuyant les yeux.

— À l'endroit où tu bêchais,
gros nigaud ! répond Mme Bouboule. Chaque fois que tu donnais
un coup de bêche, il devait tomber quelques pièces. Et si tu n'as
rien entendu, c'est tout simplement parce qu'elles tombaient sur
la terre molle !

— Oh, madame Bouboule !
Comme vous êtes intelligente !
s'écrie Oui-Oui. Je vais voir tout de
suite ! »

Le petit pantin se hâte de fran-
chir la palissade pour regagner
son jardin. Il arrive au carré de

terre qu'il bêchait un moment plus tôt : comme Mme Bouboule l'avait deviné, toutes les pièces sont là ! Quelle joie ! Oui-Oui les ramasse toutes aussi vite qu'il peut… et les remet dans sa poche percée !

Mme Bouboule, qui le surveille de chez elle, le gronde sévèrement.

« Oui-Oui ! s'exclame-t-elle. Tu es une vraie tête de linotte ! Cours me chercher du fil et une aiguille, que je te raccommode ce trou. »

Oui-Oui ne se fait pas prier. Quelques instants plus tard, la poche est réparée et la fortune du petit bonhomme en bois en sécurité.

Et Oui-Oui sait bien ce qu'il achètera en premier, demain : un énorme pot de miel pour Mme Bouboule, bien sûr !

# 3

# Finaud
# le Lutin

Le lendemain matin, Oui-Oui
se lève de très bonne heure. Sa
première pensée est pour
Mme Bouboule. Il faut réfléchir à
son cadeau, se dit-il en se servant
son petit déjeuner. Le petit pantin
vient à peine de finir son bol de

chocolat lorsqu'on frappe à la porte.

« Qui est là ? demande Oui-Oui, étonné d'avoir un visiteur si matinal.

— C'est un client pour toi, répond une voix inconnue. Pour un long voyage... »

Oui-Oui entrebâille sa porte. Il se trouve nez à nez avec un drôle de personnage maigrelet, aux oreilles pointues. C'est certainement un habitant du Bois des Lutins.

« Je m'appelle Finaud, dit-il. Je voudrais aller au Pays de Nulle-Part.

— C'est très loin, en effet, répond Oui-Oui en se dirigeant vers son garage. Avez-vous assez d'argent pour payer une telle course ? »

Pour toute réponse, Finaud sourit d'un air rusé et entrouvre la besace qu'il transporte avec lui. Oui-Oui y jette un coup d'œil... et manque de tomber à la renverse. La sacoche est remplie de pièces d'or !

« Ma parole ! Mais c'est un vrai

trésor ! s'exclame le pantin qui n'a jamais vu pareille fortune. Vous êtes très très riche, monsieur Finaud ! Montez, s'il vous plaît. »

Ils démarrent vivement. Finaud est un client agréable. Il raconte des histoires à Oui-Oui, qui commence à trouver ce voyage plein d'agrément. Le ciel est bleu, le sentier bordé de fleurs parfumées. La journée promet d'être belle.

Au bout d'un certain temps, ils pénètrent dans un petit bois désert. Seule, la petite voiture de Oui-Oui trouble le silence. C'est alors que Finaud, changeant tout à coup de visage, ordonne à Oui-Oui de s'arrêter sur-le-champ. Interloqué, le petit pantin obéit, ne comprenant pas ce qui se passe…

« Maintenant, descends ! commande Finaud d'un air terrible. Je veux ta voiture. À partir de maintenant, elle est à moi.

— Jamais de la vie ! s'écrie Oui-Oui qui s'est ressaisi. Vous n'êtes qu'un méchant lutin, monsieur Finaud. Ah, vous m'avez bien joué

la comédie ! Je commence à croire que vous avez aussi volé les pièces d'or. Je refuse… »

Mais le pauvre pantin de bois n'a pas le temps d'en dire plus. D'un geste brusque, le vilain lutin le pousse hors de la voiture. Oui-Oui se retrouve couché dans le fossé, les quatre fers en l'air. Pendant ce temps, vvvroum ! Finaud démarre en trombe au volant du petit taxi et s'enfuit à cent à l'heure. Avec peine, Oui-Oui se redresse. Il se met à pleurer tristement, assis dans l'herbe. Un gentil lapin en peluche vient lui lécher la joue de sa langue rose. Il a assisté à la scène, du bord de son terrier, et voudrait bien consoler le pantin de bois.

« Quel malheur ! lui dit Oui-Oui en sanglotant. Que vais-je devenir, maintenant ? Je ne sais même pas où je suis. En bavardant avec ce vilain Finaud, je n'ai pas fait attention à la route… Et j'ai perdu ma chère petite voiture jaune ! »

Bien entendu, Finaud et le taxi ont disparu complètement. Le petit lapin indique à Oui-Oui la direction de Miniville. Le pantin se met en chemin, pleurant à chaudes larmes. Combien de temps lui faudra-t-il marcher ainsi ? Soudain, il sursaute. Sa tête à ressort se met à s'agiter à toute vitesse. Un bruit de moteur se fait entendre ! Hélas ! ce n'est pas le petit taxi. C'est une belle voiture rouge, conduite par un chien en peluche très élégant. Il porte un magnifique nœud papillon et un chapeau haut de forme.

« Arrêtez! » crie Oui-Oui en faisant de grands signes.

La voiture s'arrête. Oui-Oui s'approche, un peu intimidé.

« Pardon, monsieur. Un vilain lutin vient de me voler ma voiture. Pourriez-vous m'aider à le rattraper?

— Bien sûr, monte vite. Ma voiture est très rapide. »

Ils démarrent en trombe. Mais ils ont beau explorer tous les chemins des environs, ils ne trouvent aucune trace de Finaud. Au bout d'un certain temps, le chien en peluche est obligé de s'arrêter : il est invité à un mariage à Toutou-

ville. Il abandonne le pauvre Oui-Oui encore plus loin de chez lui qu'il ne l'était tout à l'heure.

« Ce n'est plus la peine d'essayer de rattraper ce méchant lutin, se dit le petit pantin de bois découragé. Il vaut mieux que je rentre chez moi. Mais quand je pense qu'il va me falloir faire tout ce chemin à pied ! »

Il marche depuis un moment, tête basse, lorsque de nouveau il entend un bruit de moteur. Cette fois-ci, c'est Théodore Bouboule qui surgit à vive allure sur sa moto. Oui-Oui lui fait signe de s'arrêter. Le gros ours accepte de prendre le pantin de bois derrière lui. Mais il roule si vite que le bonnet de Oui-Oui s'envole à tout bout de champ! À chaque fois, Théodore est obligé d'arrêter sa moto pendant que Oui-Oui court récupérer son bien. À la quatrième ou cinquième fois, l'ours en a assez et repart sans attendre Oui-Oui.

Celui-ci est furieux. Mais sa colère ne dure pas longtemps.

Voici M. Paille, le fermier, qui rentre à la ferme avec une charrette remplie de foin. Quelle aubaine pour Oui-Oui ! Le petit pantin, épuisé, se niche douillettement dans l'herbe odorante. Bercé par le cahotement de la charrette, il ne tarde pas à s'endormir profondément. Tout à coup, un choc violent le tire de ses rêves. La charrette a dû sauter sur une bosse, elle a perdu son occupant. Oui-Oui se retrouve assis par terre, au milieu du sentier. Il a beau s'égosiller, le vieux fermier continue tranquillement son chemin. Il faut dire qu'il est un peu dur d'oreille… Une fois de plus, Oui-Oui est seul.

Rassemblant tout son courage,

il se remet à marcher. Soudain, au détour d'un virage, il a une bonne surprise : une petite gare apparaît, toute pimpante, avec des voyageurs qui attendent le train. Mais lorsque celui-ci arrive, Oui-Oui est déçu... Il ne va pas dans le bon sens ! Le pantin de bois repart donc à pied, tirant un peu la jambe. Pour se donner du courage, il pense au mauvais quart d'heure qu'il ferait passer à cet affreux Finaud, s'il le tenait !

Tout à coup, la sonnette d'une bicyclette le tire de ses pensées. Il n'ose pas en croire ses oreilles. Il se précipite jusqu'à la croisée des chemins, le cœur battant... Quel bonheur, il ne s'est pas trompé ! C'est bien Potiron, son cher vieux

Potiron, qui arrive à toute allure sur sa bicyclette. Le vieux nain est très surpris de trouver Oui-Oui à pied, si loin de sa petite maison-pour-lui-tout-seul. Le petit pantin lui raconte sa triste aventure.

« Monte vite sur le porte-bagages de ma bicyclette, lui dit son ami. Nous allons tout de suite chez le gendarme. »

En un rien de temps, ils arrivent tous deux devant la gendarmerie. Oui-Oui frappe à la porte. Toc! Toc!

« Entrez! » répond la voix bourrue du gendarme.

Le petit pantin de bois s'avance timidement.

« Monsieur le gendarme, on m'a volé ma petite voiture. À l'heure qu'il est, elle est certainement déjà au Pays de Nulle-Part.

— Crois-tu? Dans ce cas, le Pays de Nulle-Part n'est pas bien loin, répond le gendarme en souriant d'un air mystérieux. Regarde! »

Il ouvre une porte, faisant signe à Oui-Oui de venir voir. Le pantin de bois écarquille les yeux. Au milieu du salon du gendarme, confortablement installée sur un tapis moelleux, devant un bon feu de bois, ronronne doucement... sa petite voiture jaune !

« Mais que fais-tu donc ici ? » s'exclame Oui-Oui stupéfait. Il est tellement surpris que sa tête à ressort s'agite à toute vitesse sans même qu'il s'en rende compte.

« Je vais te raconter ce qui s'est passé, dit le gendarme amusé. Voilà : ta voiture ne voulait à aucun prix emmener ce vilain Finaud au Pays de Nulle-Part. Dès qu'elle est arrivée à un croisement, elle a pris la direction de Miniville. Elle allait si vite que Finaud n'a pas osé faire un geste ! Puis elle a eu la bonne idée de foncer droit sur la gendarmerie et de pénétrer, sans perdre un instant, jusque dans le salon où

je me reposais. Tu peux croire que cela m'a fait un choc ! Il ne me restait plus qu'à cueillir le voleur et à le mettre en lieu sûr. Il est en prison. Grâce à l'astuce de ton taxi, j'ai pu récupérer tout l'or qu'il avait volé. »

Jamais Oui-Oui n'aurait imaginé une chose pareille !

« Tu es la petite voiture la plus intelligente que je connaisse ! » s'écrie-t-il en embrassant son taxi comme un fou. « Viens, Potiron. Rentrons goûter chez moi. Nous l'avons bien mérité, après toutes ces émotions. »

Et il sort fièrement de la gendarmerie par la grande porte, au volant de sa petite voiture jaune…

Léonie Laquille et la grande poupée blonde, qui vont justement faire leur marché à ce moment-là, n'en croient pas leurs yeux. Il se passe vraiment de drôles de choses, à Miniville…

Oui-Oui se dirige droit vers l'épicerie. Il se gare et entre dans le magasin. Il en ressort, un énorme pot de miel sous le bras. C'est Mme Bouboule qui va être contente !

# 4

# Oui-Oui
# fait du tourisme

Le lendemain, Oui-Oui doit
emmener Mme Gros-Matou en
vacances chez sa sœur, à Chatonville. Pour rendre la route plus
agréable, ils décident tous les deux
de passer par Toupieville.

Toupieville n'est pas très loin de

Miniville. Oui-Oui et Mme Gros-Matou ne tardent pas à apercevoir quelques toupies multicolores le long de la route. Mais, dès qu'ils atteignent la ville des toupies, Mme Gros-Matou s'écrie, terrorisée :

« Qu'est-ce qu'on entend ? Oh, Oui-Oui, on dirait le bourdonnement de milliers d'abeilles ! Qu'allons-nous faire ? Elles vont nous piquer !

— Ne vous affolez pas comme ça ! dit Oui-Oui en éclatant de rire. C'est simplement la musique que font les toupies en tournant ! »

Lorsqu'ils arrivent sur la grand-place, le bruit devient énorme. Mmmm…Mmmm… Mmmm… entend-on de tous côtés. Mme Gros-Matou en est tout étourdie.

Quant à Oui-Oui, il a bien besoin de regarder devant lui ! Les toupies traversent les rues n'importe comment. Soudain, le bonhomme de bois est obligé de donner un terrible coup de frein : il a failli écraser une minuscule toupie qui s'éloigne en gazouillant, comme si de rien n'était. À peine vient-il de repartir qu'il doit de nouveau s'arrêter pile : cette fois, c'est une énorme toupie qui les toise d'un air sévère. Brrr... Elle n'a pas l'air commode ! Mais Mme Gros-Matou, pas très rassurée, lui fait un sourire timide. Et la toupie, attendrie, change d'humeur.

« Mmmm... Veux-tu venir faire un tour avec moi, gentille petite chatte ? demande-t-elle.

— Volontiers, répond Mme Gros-Matou, mais seulement si vous me permettez d'emmener Oui-Oui.

— C'est lui, Oui-Oui? interroge la toupie en fronçant les sourcils. Je n'aime guère les chauffeurs de taxi. Allons… c'est bien pour te faire plaisir… Grimpez, et que ça saute! »

Le pantin de bois se hâte de garer sa voiture et les deux amis se juchent sur le ventre rebondi de la toupie. Elle prend son élan et bzzzz... voilà Oui-Oui et Mme Gros-Matou qui tournent, qui tournent ! Bientôt, on ne peut même plus les distinguer ! Puis la toupie ralentit peu à peu, Oui-Oui et Mme Gros-Matou s'envolent et se retrouvent tout à coup sur la route, les quatre fers en l'air. Ils sont tout étourdis, mais rient aux éclats.

« C'était formidable, formidable ! crie Mme Gros-Matou. Au revoir, madame la toupie ! Où allons-nous à présent, Oui-Oui ?

— Voyons..., marmonne le pantin en examinant les panneaux indicateurs. Pour arriver à Chatonville, il faut passer par Bateau-Plage. »

Ils reprennent donc la route avec le petit taxi. Bientôt, entre des collines boisées, ils voient apparaître l'eau bleue qui scintille au soleil. Plus ils se rapprochent, plus ils voient de bateaux de toutes sortes : à voile, à vapeur, à rames... Comme tout le monde a l'air de s'amuser ! Oui-Oui et Mme Gros-Matou sont ravis.

« Et si nous nous arrêtions un peu ? propose Mme Gros-Matou.

— Bonne idée ! Nous allons en profiter pour faire une promenade en bateau ! dit Oui-Oui.

— Pouvons-nous choisir le bateau qui nous plaît ? demande la chatte.

— Bien sûr ! Lequel préférez-vous ?

— Le voilier bleu, là ! »

Les deux navigateurs s'installent, et la brise, qui souffle assez fort, a tôt fait de les pousser au beau milieu du lac. Mme Gros-Matou tient son chapeau à deux mains, mais Oui-Oui ne se méfie pas. Soudain… vouou… un grand coup de vent emporte son bonnet qui va s'accrocher au sommet de la cheminée d'un gros bateau à vapeur.

« Mon bonnet, mon bonnet ! » clame le pantin éperdu.

Par bonheur, le capitaine du bateau à vapeur entend ses cris et il décroche aussitôt le bonnet pour le rendre à Oui-Oui. Celui-ci se hâte de regagner la rive.

« J'ai assez fait de bateau pour aujourd'hui, déclare-t-il. Reprenons la voiture et continuons notre route.

— Regarde, ce panneau indique la direction de Dadaville, dit Mme Gros-Matou. On y va ? Nous avons bien le temps !

— Si vous voulez. »

Et vroum ! la voiture jaune prend sur les chapeaux de roue le chemin de Dadaville. Bientôt, Mme Gros-Matou et Oui-Oui se retrouvent dans une délicieuse bourgade dont toutes les maisons sont de coquettes écuries. Un cheval de bois passe sa jolie tête à chaque fenêtre et secoue sa crinière. Mme Gros-Matou est enchantée.

« Tous les gens vont au même endroit, constate Oui-Oui. Allons voir. »

Ils arrivent ainsi à l'hippodrome ; une grande course va commencer dans quelques instants.

« Vite, dit Oui-Oui à son amie, prenons un cheval chacun, nous allons participer à la course ! »

Et les voici tous deux, transformés en jockeys, prêts à prendre le départ au milieu des guignols, des poupées, des ours en peluche venus eux aussi concourir. Un guignol donne le départ. Cinq, quatre, trois, deux, un… bang! En

entendant le coup de revolver, les concurrents démarrent. Ça y est, ils sont partis ! Ils dévalent la pelouse à toute allure. Au début, Oui-Oui et Mme Gros-Matou prennent la tête. Ils ont une longueur d'avance, ils vont gagner ! Oh !...

Oui-Oui vient de tomber. Mais Mme Gros-Matou conserve son avance. Bravo! Elle a gagné! Sous les ovations des jouets, les organisateurs de la course remettent à la petite oursonne une magnifique broche représentant une tête de cheval. Oui-Oui, boitillant un peu, accourt pour féliciter son amie.

« Oui-Oui, grâce à toi je passe une journée magnifique! » s'écrie Mme Gros-Matou.

Et elle se jette au cou du pantin de bois.

Oui-Oui est ravi, mais il commence à se sentir fatigué… et son estomac crie famine. Ils n'ont rien mangé ni bu depuis qu'ils ont quitté Miniville!

Heureusement, ils ne sont plus

très loin du but! Après une demi-
heure de trajet, les voilà arrivés à
Chatonville. La sœur de Mme
Gros-Matou est une charmante
petite chatte rousse très accueil-
lante. Elle a préparé un bon repas
et Oui-Oui est bientôt rassasié.

« Reste donc quelques jours avec nous ! » propose Mme Gros-Matou.

Mais Oui-Oui pense à ses clients qui l'attendent à Miniville et il reprend la route après une courte sieste.

# 5

# Oui-Oui
# sauve Minouchette

Oui-Oui file à toute allure à travers bois. Vroum! Vroum! La route est pleine de bosses. À chaque cahot, le petit taxi décolle et retombe lourdement. Bim! Boum! Oui-Oui est ballotté sans pitié sur son siège.

« Si j'étais à cheval, je ne sauterais pas plus ! » dit tout haut le petit pantin en éclatant de rire.

Mais, soudain, sa voiture s'arrête pile. Oui-Oui est très surpris.

« Que t'arrive-t-il, petit taxi ? demande-t-il, inquiet. Je ne t'ai pas dit de t'arrêter ! Est-ce que tu as un pneu crevé ?

— Tut ! Tut ! Tut ! répond la voiture. Tuuuuut ! » insiste-t-elle encore, comme si elle voulait dire quelque chose de très important.

Oui-Oui est perplexe. Il se demande bien ce qu'elle veut lui faire comprendre. Il regarde tout autour de lui, mais ne voit rien. Soudain, il entend de petits cris.

« À l'aide ! Au secours ! supplie

une petite voix. Oh, je vais tomber... Venez vite !

— Ma parole, se dit Oui-Oui. Quelqu'un semble être en difficulté. »

Il bondit immédiatement hors de sa voiture, reste un moment immobile et écoute. D'où viennent donc ces cris ?

« On dirait que cela vient d'en haut, murmure le pantin de bois. Y aurait-il quelqu'un dans un arbre ? »

Oui-Oui s'avance en regardant en l'air. Au bout d'un moment, il aperçoit, très haut dans un grand arbre, une petite tache bleue. Tendant sa tête à ressort pour mieux voir, il s'approche le plus possible... C'est alors qu'il reconnaît

Minouchette, la jolie petite chatte,
vêtue de sa robe bleue ! « Minouchette ! que fais-tu si haut ? s'écrie-
t-il.

— Oh, c'est toi, Oui-Oui ? C'est
bien toi ? répond Minouchette.
Aide-moi, je t'en prie. J'ai voulu
grimper dans cet arbre et mainte-

nant je n'ose plus redescendre…
J'ai le vertige !

— Mais qu'allais-tu donc faire dans cet arbre ? questionne Oui-Oui en commençant à grimper à son tour.

— Eh bien… Un oiseau m'a dit des méchancetés. Pour me venger, j'ai voulu grimper jusqu'à son nid et lui prendre ses œufs, explique la petite chatte un peu honteuse.

— Ce n'était pas très gentil de ta part, remarque Oui-Oui en fronçant les sourcils. Il ne faut pas prendre les œufs des oiseaux, on te l'a déjà dit !

— Je regrette bien d'être montée, tu sais ! dit Minouchette en se mettant à pleurer. J'ai peur ! De toute façon, je n'ai pas réussi à attraper le nid. Et ce vilain oiseau se moque de moi.

— Mets ta patte ici », dit Oui-Oui en saisissant la cheville de la petite chatte et en la tirant doucement jusqu'à une branche située un peu plus bas.

Mais Minouchette pousse des cris stridents. Elle s'agrippe de toutes ses forces au tronc de l'arbre.

« Non ! Non ! Je vais tomber ! Je sens que je vais tomber. Il faut absolument que tu me portes jusqu'en bas.

— Ne sois pas ridicule, riposte le petit pantin. Tu vois bien que je ne peux pas te porter, je ne suis pas assez grand ! Regarde. Tu n'as qu'à poser ta patte ici.

— Non ! glapit Minouchette. J'ai peur de descendre. Va vite chercher quelqu'un qui pourra me porter !

— D'accord, dit Oui-Oui qui commence aussitôt à redescendre. Mais tu es stupide, Minouchette. »

Il est à peine à mi-hauteur de l'arbre que la petite chatte se met à crier de nouveau.

« Je tombe ! J'ai le vertige ! Je vais me casser le cou ! Reviens, Oui-Oui, reviens... »

Oui-Oui remonte aussi vite qu'il le peut. Quel spectacle ! Minouchette a les yeux fermés. Elle a vraiment l'air mal en point. Le petit pantin lui passe un bras autour des épaules.

« Là, là, ne crains rien. Tu ne vas

pas tomber, je te tiens. Mais comment puis-je à la fois aller chercher de l'aide et rester ici pour te tenir? demande-t-il à Minouchette.

— Je ne sais pas », répond-elle toute tremblante. Elle se serre tellement fort contre Oui-Oui qu'elle lui fait presque perdre l'équilibre. « Ce que je sais, c'est que je vais tomber. Oh! Pourquoi ai-je cru que je pouvais monter dans un arbre aussi haut? Et avec ma robe neuve, encore! »

Soudain, Oui-Oui a une idée. Une idée fantastique. Il ôte son joli foulard jaune, le fait passer autour de la branche la plus proche de Minouchette, puis autour de la petite chatte elle-même. Il fait un nœud très

serré… et le tour est joué ! Minouchette est solidement attachée.

« Voilà ! s'écrie le pantin de bois
tout joyeux. Tu ne crains plus rien.
Même si tu glissais, mon foulard te
retiendrait. Sois tranquille. À présent, je peux partir chercher

Potiron. Il est très fort, il te tirera d'affaire.

— Tu es formidable, petit Oui-Oui ! » s'exclame Minouchette.

Tout fier de sa trouvaille, Oui-Oui redescend de l'arbre en un clin d'œil et court à sa voiture. Son grelot danse éperdument. Diling ! Diling !

« Je reviens tout de suite avec Potiron ! » crie-t-il encore en démarrant.

Et vrrroum ! Il se lance à toute allure vers la maison-champignon de son ami. Par bonheur, celui-ci est chez lui.

« Viens vite, Potiron ! s'écrie Oui-Oui sans même prendre le temps d'arrêter son moteur. Minouchette est montée dans un

arbre et ne peut plus en redescendre. Je l'ai attachée à une
branche avec mon foulard, mais
elle a un vertige terrible !

— Sapristi ! grogne Potiron.
Cette Minouchette a le don de se
mettre dans des situations impos-
sibles. »

Le vieux nain monte dans le taxi de son ami. Ils repartent aussitôt. Oui-Oui file comme une flèche jusqu'à l'arbre où l'attend la pauvre Minouchette. Il arrête sa voiture juste au-dessous.

« Minouchette ! appelle-t-il. Nous voici. Potiron va monter te chercher. »

Pas de réponse. Oui-Oui appelle encore, inquiet. Toujours rien. Potiron descend de la voiture. Il scrute les feuilles du regard.

« Pas étonnant que tu n'aies pas de réponse, grommelle-t-il. Il n'y a personne. Tu as dû te tromper d'arbre !

— Pas du tout, rétorque Oui-Oui. C'est celui-ci, j'en suis sûr ! »

Il vient voir à son tour. Potiron a

raison. Aucune trace de Minouchette !

« Il ne te reste plus qu'à prendre
ta voiture et à appeler Minouchette par-ci, par-là ! » s'écrie Potiron
en colère.

Oui-Oui obéit. Il roule un bon

moment en criant de toutes ses forces, mais personne ne répond.

« Je commence à croire qu'elle t'a fait une farce ! déclare le nain. Elle a dû descendre de l'arbre dès que tu as eu le dos tourné et rentrer chez elle en se moquant de toi ! Avec ton joli foulard jaune !

— Quelle vilaine petite chatte ! s'exclame Oui-Oui, furieux. Je vais tout droit chez elle pour lui donner une bonne correction. »

Il part en trombe. Une vraie furie ! Arrivé chez la petite chatte, Oui-Oui ébranle la porte de ses deux poings serrés. Bang ! Bang ! Bang ! Il fronce les sourcils et sa tête à ressort se balance à toute vitesse. Diling ! Diling ! Diling ! fait le grelot de son bonnet.

La porte s'ouvre. Sur le seuil apparaît Minouchette, toute souriante !

« Oh, Oui-Oui ! C'est toi ! s'écrie-t-elle d'un air ravi. Je finissais justement de repasser ton foulard pour te le rendre. Tes nœuds l'avaient froissé. Tu sais, j'ai eu

beaucoup de chance : mon oncle Gros-Matou est passé au bas de l'arbre juste après ton départ. Je l'ai appelé, il m'a détachée et descendue de mon perchoir.

— Ah bon ! J'aime mieux ça ! s'exclame Oui-Oui soulagé. Je pensais que tu m'avais joué un mauvais tour et j'étais furieux.

— Oh ! Comment as-tu pu croire une chose pareille ! se récrie la petite chatte. Moi qui t'ai repassé ton foulard ! Et regarde : en rentrant chez moi je t'ai acheté une magnifique épingle de cravate. J'allais justement te la porter. Oh, Oui-Oui ! Tu es si astucieux ! Personne d'autre n'aurait eu l'idée de m'attacher à une branche avec un foulard. »

Le petit pantin est très flatté…

« Dire que je voulais te gronder et te donner une bonne correction ! dit-il en éclatant de rire. Je préfère t'emmener manger une glace à la pistache ! Viens, nous y allons avec mon taxi.

— Mets ton foulard, d'abord ! » ordonne Minouchette.

Oui-Oui noue son foulard autour de son cou à ressort et y pique fièrement la belle épingle neuve. Au moment de démarrer, il sent une petite chanson lui monter à la tête :

*C'est moi, Oui-Oui,*
*Le chauffeur de taxi*
*Un jour par-là,*
*Un jour par-ci*
*Jamais je ne m'ennuie!*

Minouchette applaudit très fort. Tout est bien qui finit bien !

# Table

# Dans la même série…

Enid Blyton

**Oui-Oui**
et les ours
en peluche

Enid Blyton

**Oui-Oui**
et les lapins roses

Enid Blyton

**Oui-Oui**
et le kangourou

Enid Blyton

**Oui-Oui**
tête en l'air

Imprimé en France par **Partenaires-Livres®**
n° dépôt légal : 9053 - mars 2000
20.24.0436.4.01 ISBN : 2.01.200436.9
*Loi n°49-956 du 16 juillet 1949*
*sur les publications destinées à la jeunesse*